文芸社セレクション

おめめ

石立 ゆうき

ISHIDATE Yuki

文芸社

おめめ　もくじ

おめめ

おめめ

今日はおかあさんと動物園

いっぱい動物さんいる
ぞうさんやきりんさんやくまさん
よかったね

あっ！　ぞうさんだ!!

おおきいなぁ～
はなぶらぶらしてるよ
でも、ぞうさん泣いてる
えっ、どうして
目がうるうるしてる
なんか悲しいことあったのかな

おおきな身体だけど…
小さい優しい目してるね、ぞうさん
うん

あっ！　きりんさんもいる
おかあさん、こっちこっち早く早く
わぁ、高いなぁ
きりんさんは背が高いからずっと遠くまで見れるね
きりんさんはいっぱいいっぱい見るから
目が大きいのかなぁ

僕もお母さん見えるよ
そうだね
でも目をつむっていても見えるんだよ
え、うそぉ

ほら　夜、寝てる時…
あっ、夢で出てくる
でも、いつも怒ってる
僕が言うことをきかないからかなぁ

他にも見えるよ
本当？　どんな？　どんな？

じゃぁ、そっと目をつむって…

お母さんの顔
思い浮かべてごらん

えっ、見えない、何も見えないよ
お母さん

あっ、見えた！　見えた！
笑ってる…
お母さん笑ってる…

色めがね

暑い国から、寒い国から
大きな国や小さな国から
男の人、女の人
身体の大きい人、小さい人
今日はスポーツの世界大会の開会式。
みんな集合しています。

「あっ、そうだ。この会場に入る前に、入場したら必ずめがねをつけて下さいって渡されたんだ」

「どれどれ、めがね、めがねはどこいった？」

「このめがね、色ついてるね」

「あれ？　フレームの所にボタンが3つあるぞ」

「これは何だろう？」

1番目のボタンを押すと、目の前が真っ黒になり、
次の瞬間、男の人も女の人も
身体の大きい人、小さい人も
それに、肌の色が違う人も

みんな同じ色になりました。
「うわっ〜、みんな一緒になった」
2番目のボタンを押すと、
いろいろな国の言葉が一つに統一されて
何を話しているのか、わかるようになりました。
「これで、誰とでも話ができるんだ」

3番目のボタンを押すと、
今まで国同士でケンカしてたけど
手をつないで、仲良くなっています。
みんな、みんな　笑顔です。

「すごいなぁ～、このめがね」
「つけるだけで、目の前の全部が変わるんだ」
横にいる人も、めがねをかけてます。
気がつけば、会場全体のすべての人が
めがねをかけてます。
「みんな　同じものを見ているんだ」
「すごいなぁ～、このめがね」
男の人も女の人も、違う国の人も
身体の大きい人、小さい人も
肌の色が違う人も

「みんな友達だね。みんな仲間だね」

「みんな　みんな　笑顔だねぇ」

「この会場以外の人も、みんなめがねをかければいいのにねぇ」

「今まで見たことのない、違う景色が見れるし
新しい世界が見れるよ」


それに…

一番いいのは…

「みんなの笑顔に会えるよ」

ドロップ

ガチャガチャ、コロン「また赤だ!!」
「これで5つ目、オレンジ2つ、黄色が1つ、赤が多いねぇ。
前に全部出して、数えたよ。
全部で30個ぐらいで、赤が多かったと思う」とマー君。
「これも数えてみようって」とトモちゃん。
「普通に数えても面白くないから、ゲームしよう」とリーダー格のトオル君。

「どんなゲーム？」とフーちゃんの仲良し④人組です。
「そうだなぁ、出てきた色によって、何か話をするんだ。
赤色は、うれしかった事。
オレンジは、困った事。
黄色は、悲しかった事。
あと、何色があるのかな？
緑色と青色、紫か…本当に入っているのかなぁ。
緑色は、苦しかった事。
青色は、う～ん、好きなもので
紫は、嫌いなもの。

よし。これでいこう!!
では、リーダーの僕からいくね」
ガチャガチャ、コロン。
「黄色か…」
「黄色は、悲しかった事だから、そうだねぇ。
この前、ハムスターが死んじゃった。あれは悲しかった。
仲良しだったから、泣いちゃったよ」

次は、マー君。ガラガラ、コロン。
「青色だ。青は好きなものだから、ゲームかなぁ。
時間忘れて、ずっとやっててよくおこられるけどね…」

ガラガラ、コロン。
「紫かぁ、これって何味？　グレープ味。
嫌いなもの、フーちゃんヘビが嫌いかなぁ。
動物園に行った時、目があって　シタがピロピロ、
気持ち悪かった。くねくね嫌い!!」
その時、突然、空がゴロゴロ、ピカピカ、ドーン！　みんなビックリです。
カミナリと同時に、雨が降ってきました。
「帰るまでには、あがるかなぁ」

ガラガラ、コロン。トモちゃんには青色が出ました。

「フフフ…やっぱりケーキでしょう。ケーキ大好き。

大きくなったらケーキ屋さんやって、一日中食べるんだ」

「トモちゃんは本当に食べるの好きなんだねぇ」


次はオレンジ。

「困ったことかぁ。

お金忘れてコンビニいって、何も買えなかった事。

ちょっとはずかしかった」


それから、赤、緑、オレンジ…最後の1個は赤でした。

全部で30個、多い順に机の上に並べました。
「やっぱり赤だ、次はオレンジ、黄色…、紫なんか2個だよ。
結果が出ました。さぁ、みんなは帰るよ。
雨、あがったかな?」
4人は窓際に行って空を見上げました。
もう雨は降ってません。お日様が出ています。
「うわっ、あれ、あれ」マー君が空を指さしました。
3人も一緒に指さす方を見ると…
きれいな虹が出ています。きれいだねぇ。
「雨あがったからだね」
「あっ、これ、これ」トモちゃんが机の上を指さします。

なに？　なに？

指の先には、さっき並べたドロップがあります。

「ほら、ほら、あの虹の色と一緒だよ」

「本当だ！」そこには、赤、オレンジ、黄、緑…と
机の上にも、虹が出来ています。すごいね。

「空の虹が消えないうちに、ドロップ食べよう」とトオル君が言い
ました。

「賛成!!」

「何色にする？」

マー君は赤、トモちゃんも赤、フーちゃんも赤。

僕も赤だよ。みんな赤か？　なんだよ。

「だって赤色はうれしかった事だからね」とトモちゃん。
4人共同じ事を思ってました。
空の虹が、うすくなってきています。
早く、早くって赤のドロップをとって口に入れました。
「間に合ったね、虹食べたらいい事あるかなあ」
もう帰る時間になりました。
また、明日遊ぼうね。
4人の顔は笑顔で輝いてました。

鉄棒

なお君の夏休みの課題は、逆上がりが出来るようになること。
「あ〜ダメだ〜。」
「えい!!」バタン
「やぁ!!」バタン
「えい!!」バタン
「とう!!」バタン
う〜ん、なんで?、なんで出来ないんだろう。

どこが悪いのかなぁ。

そうか、鉄棒が合ってないんだ…

隣の鉄棒だったらどうかなぁ。

「あれ、これは低いわ～。こりゃダメだ!!」

やっぱり、こっちか、もとの鉄棒に戻りました。


どこが悪いのかなぁ。

足のける位置か？　スピードか？　タイミング？

鉄棒を持つ手の長さか？　逆手にしたらどうか？

いろいろ考えて、すこしずつ変えて挑戦しています。

よぉ～し、今度こそ。

足の位置を決めて、早めに…えい!!
あっ、くつが飛んでいく。くつ飛ばしてどうするの。
ふっと気がつくと、手の内側が茶色くなっています。
鉄棒の茶色のさびが手についたんだ。
何か、変なにおいがするぞ。
手についている茶色のさびを、少しだけなめました。
「にがぃ〜。」
さびの味って、こんな味なんだなぁ。

前に、自転車乗る時も、最初はこけてばかりいて、全然ダメだった
けど、

何日も、何日も練習して、乗れるようになったんだっけ。
逆上がりも練習だね。

手と手の間を考えて「えい!!」
うう〜、おしい、もう少しだ。
もう一回、「えい!!」、もう一回「えい!!」

夏休みも終わり、２学期になりました。
「夏休みの思い出を話して下さい。」と先生。
ぼくは、北海道に旅行に行きました。
わたしは、海に泳ぎに行きました。

なお君の順番になりました。

「えっと、夏休みの思い出は、鉄棒です。」

「鉄棒はどんな思い出ですか?」と先生。

「逆上がり、頑張ったけど、出来ませんでした。

にが〜い、思い出です。」

ん

ゆうくんと　さきちゃんは　幼なじみ。
小さい時からいつも一緒に　遊んでいます。
この頃、ちょっと　さきちゃんが気になる　ゆうくんです。
さきちゃんがほかの子と遊んでいる時も、
ゆうくんはさきちゃんを目で追っかけています。

今も、ちょっとさきちゃんの服を引っ張ったり、からかったり、いじわるしてます。
さきちゃんは、笑顔で、困った顔してます。

今日は、運動会のフォークダンスの練習。
みんな輪になって並んでいます。
音楽と同時に、男の子、女の子が反対方向に回っています。
6人終了。もうすぐさきちゃんの番になります。
ドキドキ、ドキドキ!!
あと2人というところで、音楽が終わりました。
今日は終了です。
「えっ、そんな〜、なんで〜、もう少しで手つなげたのに…」

「終わってしまった」

二人はいつものように、並んで学校から帰ります。

前から、おじさんと、おばさんが歩いてきます。

おじさんが「ん」おばさんが「はい、はい」と、手をつなぎました。

別の若いお兄さんと、お姉さんも

お兄さんが「ん」するとお姉さんの手が、お兄さんの手に…

ゆうくんは考えました。

そうか…「ん」は手をつなぐってことかもしれない。

ゆうくんは隣にいる　さきちゃんに、「ん！」

さきちゃん「え！」

「ん!!」

「えっ!!」

「ん!!!」

「なに!!」

「なんで伝わらないのかなあ」

「ゆうくん、なに!!」

「ごめんね、さきちゃん」

「手、手つないでもいいかなぁ。」

「え！　うん、いいよ」

「ありがとう」

小さい手が重なり合いました。

もしもし　ぼく

トゥルートゥルー、トゥルートゥルー
「はい、もしもし、もしもし」ツーツーツー
「あれ、切れてる。なんで〜、変なの」
ぼく、ゆうくん　幼稚園　年少組
「何してるの、早く用意しないと、運動会遅れるよ」
「は〜い、あとは、帽子、帽子、どこいった？」

「あった、あった」帽子をかぶって
「おかあさん、行ってきま～す」
「きをつけてね、後でお弁当持って、応援行くからね」

その夜、ゆうくんは、変な夢を見ました。

トゥルートゥルー、トゥルートゥルー
「もしもし、もしもし、ゆうくんです」

「もしもし、もしもし」返事がありません。

「もしもし、もしもし、君は誰？　誰ですか？」

やっと声がしました。「ゆうくんだよ」

「え！　ゆうくん、ぼく？　なんでぼく？」

「ぼくは、ここにいるよ」

「君は誰？」

「ぼくは　ゆうくん、えっ、変だよ」

ぼくが、ぼくと話してる、どうして～

どうして～、どうして～、どうして～～


朝が来ました。

「おかあさん、電話でぼくと話したよ」

「変なんだ。ぼくのこと、何でも知ってるし、声も変なの」


夜、運動会のホームビデオ。

ゆうくん登場！

ビデオに向かってピースサインで話してます。

「えっ!!　誰の声？」

「これってぼくの声？」

何か変？　ビックリ!!

「ぼくってこんな声してるの」

ゆうくんは、ゆうくんの声を、初めて聞きました。

「こんな声してるんだ。」

「あっ！　夢の中のゆうくんの声と一緒だよ。

やっぱりあれは、ゆうくんだったんだ」

「かわいい声してるでしょ」っておかあさん。

トゥルートゥルー、トゥルートゥルー

「おかあさん、電話だよ」

「おとうさんかもしれないから、出てくれる」

「もしもし、ぼく、おとうさん、あのね〜」

「もしもし、もしもし、あれっ、違うの？」

それはおとうさんの声とは違いました。

「もしもし、もしもし」よく聞くとおばあちゃんの声です。

「あ〜ら、その声はゆうくんだね」

「えっ、ゆうくんってわかったの」

「ああ、わかるよ。かわいい声してるからね。

おばあちゃんは、ゆうくん好きだから声聞いただけですぐわかるよ」

「ふ〜ん　そうなんだ」

「ゆうくんも、おばあちゃんの声聞いてわかっただろう」

「うん、声っておもしろいね」

「おかあさん、おばあちゃんから電話だよ」

「は〜い、ゆうくん、ありがとう」

かげ

さっくんは公園に　絵日記を書きに来ています。

太陽の日差しがギラギラ。
「暑いな～」
帽子の横から汗がタラタラ出ています。

暑い時は日陰に入りなさいって

おかあさんが言ってたなぁ。
そうだ　あそこの日陰に入って休もう。
水筒出して　冷たい水
気持ちいい!!
足を投げ出してちょっと休憩。
風がヒュー　すずしいなぁ

目の前には
電柱の長い影
ビルの大きな影

すべり台の小さい影
影っていろんな大きさがあるんだなぁ。

近くからのっそり　ねこ　出現!!
その時、ビクン!!
飛び上がって逃げて行きました。
そうか　自分の影に　ビックリしたんだ。
影っておもしろいなぁ。

あっ　あのおばさん傘さしてる。
雨降ってないのにへんだなぁ。

おばさんの所だけ　影がある。
傘で影作ってるんだ。
そうか　影って作ることもできるんだ。

あれっ　影動いている。
電柱の影　さっきより短くなってる。
ビルの影もなくなってきてる。
影なくなるといやだなぁ。
その時　おかあさんが公園に入ってきました。
さっくんをむかえにきたのです。
「さっくん帰るよ」

さっくんは元気に「はぁ〜い」

帰り道、おかあさんが

「絵日記できたの？」

「うん」

「帰ったら見せてね」

「今日のご飯はなに？」とさっくん。

「さっくんの好きなハンバーグだよ」

「わ〜い　うれしいな〜」

手をつないでいる　おかあさんとさっくん。

背中から夕日が当たっています。

「おかあさん、影出てるよ」

「おかあさんの影大きいねえ」

「さっくんは子供だから小さいねぇ」

さっくんは早く帰りたくて
おかあさんの前に出て手を引っ張りました。

「おかあさん、これ!!　これ!!」

「なに？」

「おかあさんの影　大きくなったよ」

「ほら、さっくんがおかあさんの中に入ってるよ!!」

「本当だね。一緒になってるね」

「うん」

さぁ　早く帰ってご飯食べよう。

たまごやき

「何がすきだった？」

「う〜ん、た・ま・ご　やき　かなぁ」

「たまごやきかぁ〜」

「定番だけど、いいねぇ」

「美味しかったねぇ」

「おかあさんの玉子焼きって　食べる場所で　味が変わってたよねぇ」

「そうだよねぇ」
「家で食べるのは、ふんわりで　中がとろっとしてて
ふわとろっていうの　絶品だったねぇ」
「あの　玉子焼きは　多分ふんわりの中に　愛情入ってたんだと思
う」
「後、遠足のお弁当に入っていたのは、
少し固めで、おにぎりが横にあって
色合い考えて　たこさんウインナーとかと　一緒だったね」
「遠足のお弁当は　新鮮な空気と　広い青空の下で食べる

開放感が特別だったね」
「そうそう　運動会のは　どうだった」
「う～ん、しっかり焼いたのか　表面が茶色くなってて
その焦げたところの味がプラスされて　美味しかった」
「運動会は家族みんな来てたから
おかずの種類も沢山あったし
みんな笑顔で　美味しい　美味しいって　食べてたね」

「どれもみんな　おかあさんの味だったね」
もう…食べられない　けどね…
「そうだねぇ」

「また　今度、出てきたら　作ってもらおうかな」

「お兄さんは　何が好きだった？」

「僕は、豚汁だなぁ　好きだった」

「あれは　美味しかったなぁ」

「また　食べたいよぉ～」

ぼくのともだち

いってらっしゃい！
あか君と、くろ君が出ていく。
いってきま～す。あと、よろしくと
みどりちゃん、ももちゃんも、続いて出発！
いいな、いいなぁ、ぼくも外出たいなぁ。
でも、なかなかぼくは、呼ばれません。
えっと、次は、「ハイ！　ハイ！」と大きな声でアピール。

じゃあ、次は、だい君。
えぇ～またダメかぁ。
ごめんね。呼ばれたから行くねと、だい君。
また、呼ばれなかった。
お留守番です。つまんないなぁ。

しばらくして、出ていったみんなが帰ってきました。
外で元気に遊んだので、服がよごれています。
やぶれている所もあります。
外は楽しそうだなぁ～。
ある日のこと、外に出ていた、くろ君が急に帰ってきました。

ケガをしています。
服の上から、白い物で身体をまかれています。
身体の一部が折れたそうです。
痛そうです。
でも、くろ君は、大丈夫、大丈夫と元気そうです。

次の日も、その次の日も…
みんなは出ていくのに、ぼくはお留守番です。
くろ君は、ケガをしてるのに外で遊んでいます。
なんで？　ぼくなんか今まで一回しか呼ばれたことないのに…
いつも、いつも、お留守番です。

みんなの帰りを待っています。
つまんないなぁ。

あっ、そうだぼくの紹介まだだったねぇ。
ぼくの名前は…
クレヨン！
しろ色です。

うそつき

また、ひろ君うそついた。
これで、何回目?
きのうも、今日も、うそばっかりだ。
もうあんなやつと、話なんかしないぞ。

「何おこってるの?」と、しゅう君のお父さん。
「父さん、聞いてよぉ。

ひろ君、うそつきなんだ！

ひろ君の言うこと、うそが多いんだよ。」

「そうなんだ、ひろ君って、うそつきなの？」

「うん、いつもいつも、うそついてる。もういやだ！」


「ひろ君はともだちじゃないの？」

「違うよ、あんなやつ。」

「そうなんだ、昔、お父さんもしゅう君くらいの時にはいっぱいうそついてたなぁ。」

「えっ、お父さんも。」

「そうだよ。しゅう君聞いて…

うそっていうのは、さみしいから　つくんだと思うよ。
うそついて、ともだちに、かまってほしい…
こっちを見てほしい…
よく、好きな女の子に、いじわるする気持ちと一緒だね。
かまってほしいんだよ…
こっちに振り向いてほしいんだよ…
一人じゃさみしいんだよ。
だから、うそをつくんだとお父さん思うよ
お父さんも、そうだった。
でも、お父さんにはうそをついても
かまってくれる人がいたんだ。

お父さんのうそを聞いてくれて
お父さんのうそにつきあってくれて
お父さんのうそを信じてくれて
お父さんのうそを許してくれた
一人だけいたんだ。同級生の女の子。
あの時は、話を聞いてもらって助かったよ。
やっぱり一人はさみしいからね。
ひろ君も、きっとそうだと思うよ。
しゅう君が聞いてあげないと。
で、さっき話した女の子って…
実は、しゅう君の、お母さんです。」

「えっ、そうなの、そうなんだ。」

「だから、お母さんがお父さんの話を聞いてくれたみたいに今度は、しゅう君がひろ君の話をしっかり聞いてあげてね。」

「うん、わかった。そうする。」

「よ～し。がんばれ!!」